PREMIÈRE ÉPITRE

A

PAUL - LOUIS COURIER,

VIGNERON,

PAR J.-G. C. DE FEUILLIDE.

Paul-Louis, les cagots te tueront.

(Prophétie.)

PRIX : 1 FRANC 50 CENT.

PARIS,

CHEZ L. DUREUIL, LIBRAIRE,

PLACE DE LA BOURSE.

—

1829.

IMERIE DE DAVID, BOULEVART POISSONNIÈRE, N. 6.

PREMIÈRE ÉPITRE

A

PAUL-LOUIS COURIER, VIGNERON.

PREMIÈRE ÉPITRE

A

PAUL - LOUIS COURIER,

VIGNERON,

PAR J.-G. C. DE FEUILLIDE.

Paul-Louis, les cagots te tueront.
(*Prophétie.*)

PARIS,

CHEZ L. DUREUIL, LIBRAIRE,

PLACE DE LA BOURSE.

—

1829.

IMPRIMERIE DE DAVID,
BOULEVART POISSONNIÈRE, N. 6.

PREMIÈRE ÉPITRE

A

Paul - Louis Courier, vigneron.

Paul-Louis, les cagots te tueront.

(*Prophétie.*)

Or, comme il cheminait vers son toît solitaire,

Les cagots, dirigeant un fusil adultère,

Ont tué Paul-Louis, Paul-Louis, vigneron,

Railleur, comme au vieux temps le curé de Meudon,

Naïf, comme Montaigne, et fort peu moliniste.

Les cagots l'ont tué, Paul-Louis l'helléniste,

L'écrivain touranjeau, grand faiseur de pamphlets,

Et pour fourbes et sots ayant fouet et sifflets.

Priez pour Paul-Louis!.... Eh bien ! dût Laurentie

Faire sur moi, chétif, sanglante prophétie ;

Dût-elle s'accomplir , car on voit les cagots

Jouer du coutelet s'ils manquent de fagots ;

Dussent valets de cour , nobles , vilains et prêtres ,

Et Mangin , leur prévôt , me dénoncer aux maîtres ;

Dût Genoude , escorté de tous ses gazetiers ,

Ameuter contre moi mouchards et guichetiers ;

Comme Jean de Broë, d'un long réquisitoire ,

Dût né de Dammartin tuer son auditoire ;

Dût, cinq ans , l'air du ciel, pesé par des bourreaux ,

Ne parvenir à moi qu'à travers des barreaux ;

Narguant fourbes et sots, et noire prophétie ,

Basiles , Dammartin , Genoude , Laurentie ,

Bigots en robe courte , intriguans , plats valets ,

Ministres , grands seigneurs , vrai gibier à sifflets ,

Sur votre dos rampant, vrai Dieu ! sans nulle crainte ,

Mon fouet alexandrin va marquer son empreinte.

Railleur impitoyable et frondeur des pervers ,

Paul-Louis , c'est à toi que j'adresse mes vers.

Ne crains pas qu'aujourd'hui, correspondant peu sage ,

Je confie à la poste un semblable message ;

Car je n'ai pas encor vu passer au budget

L'estafette , dressée à faire le trajet

Des lieux d'où je t'écris aux lieux d'où ta réponse

Me pourrait parvenir.... et partant, j'y renonce.

D'ailleurs , où te trouver ?.... Peut-être que·là-haut ,

Si tu n'es point là-bas , comme dit maint dévot ,

Ta verve aura frondé , dans son humeur caustique ,

Quelque saint en crédit, quelque vierge mystique ;

Et , dans un coin du ciel forcé de te cacher ,

Au courroux des béats ardens à te chercher ,

Pas plus qu'ici , jadis , tu ne peux te soustraire ,

Si béats sont au ciel ce qu'ils furent sur terre.

Ainsi , tout réfléchi , bien vu , bien calculé ,

Cet écrit , pour lequel je puis être brûlé ,

Je ne l'enverrai pas , de crainte de disgrâce ,

Devers le paradis où règne saint Ignace ;

Car, peut-être les saints, qui veulent tout savoir,

Là haut , comme ici bas , ont un cabinet noir.

Vous qui n'êtes point saint, si j'en crois des apôtres
Avec mons Courvoisier disant leurs patenôtres ,
Paul-Louis , mon ami , si vous êtes jaloux
De savoir , dans le ciel , ce que l'on fait chez nous ,
Il faudra , s'il vous plaît , quittant votre cachette ,
Visiter le grenier où chante le poète ;
Et vous lirez alors , narguant le paradis ,
Ces vers , mis à l'index aux célestes parvis.

A l'heure où le poète attend que son génie
Lui révèle des chants d'une douce harmonie ,
Ou ces accens vengeurs qui font pâlir les rois ;
A l'heure où , dans l'extase , à mes regards je vois
Des soldats d'Austerlitz s'élever les trophées ;
Où j'invoque souvent la plus belle des fées ,
Celle qui d'un souris peut sécher bien des pleurs ,
Celle dont Béranger , sous un chapeau de fleurs ,
Voile l'aimable front , déité généreuse ,
Par qui la vie est douce et la patrie heureuse ,

La sainte liberté, qui t'inspira toujours !

La sainte liberté, mes uniques amours !

Paraîs ! dans mon réduit viens à travers l'espace.

Tu n'y trouveras point cagots, dévots de place,

Aux grains de leur rosaire attachant un couteau,

Ni Basiles valets, pourvoyeurs du bourreau ;

Mais bons et francs amis, ayant pleurs pour la France,

Et pour des jours meilleurs des rêves d'espérance...

L'espérance !... ah ! souvent, à son flambeau divin

J'ai voulu ranimer notre courage en vain.

Crédule, je pensais que sa coupe remplie

Ne s'épuiserait pas, ou que du moins la lie,

Vers des bords enivrans, serait lente à monter.

La voilà qui remonte !!... Eh, comment affronter

Tant de rêves déçus, tant d'illusions folles ?

Comment se prendre encore à de belles paroles,

A des sermens trahis aussitôt que prêtés ?

Ah ! c'en est fait de nous et de nos libertés !!

Hélas ! depuis le jour où, sans merci ni grâce,

Le *Pamphlet des Pamphlets* vint flageller l'audace

De maîtres insolens qui voulaient, à genoux,

Aux lois du bon plaisir te soumettre avec nous ;

Depuis le jour funeste où le plomb jésuitique ,

En brisant dans tes mains ta plume satyrique ,

Épuisa de ton sang le reste généreux ,

Martyrs de liberté, citoyens courageux ,

Bien des morts, pour le ciel délaissant la patrie ,

T'auront dit sous quel joug elle resta flétrie.

Pourtant, chargés d'impôts, abreuvés de chagrin ,

Pleins d'espoir et de foi dans les sermens de Rheims,

Alors que l'on voulut, pour étouffer la plainte,

Qu'avant d'aller au Roi, notre pensée atteinte

Passât par les ciseaux dont Bonald se servait,

Nous disions seulement : *Si le Roi le savait !*

Le Roi le sut. Chassé du Conseil de nos princes,

Le fatal ministère, au fond de nos provinces,

Au bruit de nos sifflets, sous le manteau de pair ,

Du ciel natal, enfin, alla respirer l'air.

Nous, de la liberté, qui relevait la tête ,

Nous crûmes pour jamais avoir fait la conquête.

Nous n'avions qu'une voix pour dire notre amour :

Comment en jour de deuil s'est changé ce beau jour ?

Qu'avons-nous fait, hélas! pour qu'on se ressaisisse

De bienfaits octroyés par bonté ?... par justice!!

Qu'avons-nous fait?... Dis-moi, Paul-Louis, le sais-tu ?

Est-ce que le budget, bravement débattu ,

Aurait des cumulards compromis les fortunes ?

Par la force enlevée, une loi des communes

Permet-elle qu'un maire (exécrable forfait!)

Puisse allouer un franc, sans l'avis d'un préfet,

Qui demande à son tour l'avis d'une Excellence,

Laquelle, fort souvent, en grande patience,

L'attend d'un directeur qui l'attend d'un commis ?

De dire si quelqu'un, à la cour, s'est permis

De blâmer hautement cette lettre encyclique

Qui voudrait voir encor marcher la politique

Aux ordres du Pontife assis au Vatican,

Ou de trouver mauvais que Mahmoud, le sultan,

Tolère que sa fille, en dépit du Prophète,

En corset et sans voile, embellisse une fête,

Et qu'il veuille porter moins de barbe au menton.....

Je suis fort empêché ; car, au château, mon nom

N'est jamais prononcé dans les salles dorées ,

Et je ne danse point aux royales soirées.

Un autre te dira pour quel noir attentat

On a pu conseiller un si grand coup d'état.

Pour moi , j'errais alors aux bords de la Gironde;

Et là, sur cette terre en ministres féconde,

Je disais : Liberté ! triomphe encore un jour !

Car je voyais Ravez, sans espoir de retour,

Sans rêves de scrutin, sans morgue malhonnête,

Aux Chambres de Bordeaux présider sans clochette.

C'était durant ces jours où la rage des vents

Coucha, pour les broyer, les épis jaunissans ;

Où la grêle, tombant sur la vigne meurtrie,

L'arracha des sillons , belle et déjà fleurie.

Ruinés , sans commerce , à la douleur livrés ,

Par l'intraitable fisc sans cesse dévorés ,

Je vis les habitans de la cité fidèle

Attendre que du Roi la bonté paternelle,

Emue à tant de maux sans révolte soufferts,

Pût alléger enfin le poids de leurs revers,

Et, pour payer l'impôt, sans blasphème à la bouche,

De leur famille au fisc abandonner la couche.

C'est qu'ils étaient alors soutenus par l'espoir

Qu'avant peu, triomphant d'un ombrageux pouvoir,

La douce liberté ne serait plus un rêve ;

Qu'avec elle, bientôt, fleurirait sur leur grève

Le commerce, inactif où meurt la liberté.

Plus de rêve aujourd'hui.... La seule pauvreté

Reste... L'espoir a fui, quand parut l'ordonnance

Qui jetait Polignac au timon de la France.

O France, cher pays ! Qu'as-tu donc fait au ciel

Pour qu'il t'abreuve ainsi d'une coupe de fiel ?

N'est-ce donc pas assez que sur nos destinées

Peyronnet et Villèle aient pesé sept années ?

Qu'au prix d'un milliard, sur le peuple perçu,

La révolution, à grand peine, ait reçu

Un bill d'indemnité qui rachète la gloire

Qu'au drapeau tricolore attacha la victoire ?

N'est-ce donc pas assez que, soldats citoyens,

Et du palais des rois populaires gardiens,

Les bourgeois de Paris aient dévoré l'offense

D'être du Champ-de-Mars chassés par ordonnance ?

Voyons ; faut-il encor que, dans un guet-à-pens,

Traqués comme des cerfs, pour le plaisir des grands,

Notre sang, répandu par d'infâmes cohortes,

De nos arcs de triomphe aille rougir les portes ?

C'est bien ! Le pourvoyeur du bourreau de Poitiers,

Autrement que Franchet, lancera ses limiers ;

Le voilà COMPÉTENT !!... Il peut de funérailles,

Mieux qu'au temps de Berton, encombrer nos murailles.

De Tristan , de Jeffrys, c'est le double reflet,

Bien digne de seigneurs dignes d'un tel valet.

Mais que nous veut, dis-moi, l'homme aux cathégories ?

Jadis, tu l'as connu : de ses lèvres flétries

Des paroles de sang tombent avec lenteur.

Puissant logicien, froid argumentateur,

Sa raison n'a jamais fait un pas en arrière,

Même lorsque le crime en bornait la carrière,

Et le Palais-Bourbon se souvient de ces mots :

« De ces chefs , au pouvoir arrivés en sabots,

« Pour inspirer l'effroi, faites tomber la tête !

« Que les effets soient prompts ! que rien ne vous arrête !

« Mais , rougissant déjà de votre oisiveté,

« Vous demandez , je crois, un but d'activité....

« Eh bien! voilà des fers, des bourreaux, des supplices,

« La mort ! pour achever coupables et complices. »

Qu'en dis-tu, Paul-Louis ? ce ministre du Roi

Ne te semble-t-il pas un peu fou ?... Sur ma foi !

Je n'ai jamais ouï harangueur de la sorte.

Vive Dieu ! Le gaillard n'y va pas de main morte.

Nous vous en donnerons , occiseur d'innocens ,

Des corps à raccourcir , ou de pauvres passans

A hisser tout au bout d'une haute potence ,

Pour les faire sauter sans plancher ni cadence.

Que si , par un hasard qui confond ma raison,

Vous faites le procès avant la pendaison ,

De quoi tous les pendus vous sauront gré j'espère,
Faites-le sans jury : c'est trop long ! Un compère
Comme en avait Tristan vaut bien mieux, et Trouvé,
Seigneur, vous répondra que le crime est prouvé.

Mais, vrai Dieu ! le gibet dressé par Courte-Echelle
Attend un patient. —Est-ce un traître ? un rebelle?
— Un traître ? laisse donc; tu veux rire , je crois !
Pendre un traître? Ah bien oui!-Cependant, autrefois...
— Autrefois, c'était bon , mon cher, c'était la mode ;
Mais nos mœurs, en changeant, on changé la méthode.
—Qu'en fait-on aujourd'hui?-Ce qu'on en fait? parbleu!
Tiens, regarde plutôt : Un pair , un cordon bleu,
Un comte, un général, voire même un ministre.
—Quoi! Bourmont... - Oh! c'est lui! - Mais à ce nom sinistre
Enfant, tu ne sais pas quel sanglant souvenir
S'éveille et doit toujours vivre dans l'avenir ?
Enfant, si tes regards , aux champs de la Belgique ,
Avaient vu comme moi notre garde héroïque

S'arrêter pour mourir , belle à son dernier jour ,

Comme un astre qui brille et s'éteint sans retour ,

Tu rendrais grace à Dieu d'avoir perdu la vie

Avant l'heure où l'on vit notre armée asservie ,

En pâture , jetée à l'infâme soldat

Qui passe à l'ennemi dans un jour de combat !

—Mais brave Paul-Louis, c'est acte de justice

Envers ce cher Bourmont. Digne homme! Son complice,

Wellington , autrefois fut créé maréchal ,

Ce qui certainement est fort national ;

Et lui , lui , sans lequel de la Grande-Bretagne

Le héros n'eût point fait si brillante campagne ,

Que lui donnez-vous ? rien ?... Ah ! traîtres, scélérats ,

Vite , un bon portefeuille !... Il le tient sous le bras ;

Car , de la trahison , maître Labourdonnaye ,

Au nom de l'Angleterre , a donné la monnaie.

Que c'est bien avisé ! Qui sait ? Un Prince Noir ,

Sur la Guienne un jour prétendant un manoir,

Peut venir guerroyer dans notre beau royaume :

Et vous sentez , dès-lors , le prix d'un pareil homme.

Parfaitement trouvé ! Grand merci du succès ;

Et de votre retour , ministre Anglo-Français ,

Prince Gallo-Romain ! de bien haute lignée ,

Suivant caquets de cour , dont ton ombre indignée

Ne croirait pas un mot , n'est-ce pas, Paul-Louis ?

Car , de caquets pareils , la cour est le pays.

Donc , grand merci ! déjà , mourais d'impatience :

Un si noble seigneur ! oh ! c'était conscience

De le faire courir , ainsi qu'un roturier ,

Après un portefeuille, et de le renvoyer

Gros-Jean comme devant·par détroits et banlieues !

Encor s'il avait eu des bottes de sept lieues ?

Le cher homme ! quel mal il se donnait ! Aussi ,

Tout le noble faubourg criait déjà : Merci !

Dieu soit loué ; c'est fait ! Fallait voir la liesse

De noble douairière , ou baronne , ou duchesse;

Fallait dans leurs salons entendre nos marquis ,

Tout prêts à nous traiter comme un peuple conquis :

C'était Coblentz encor, mais moins jeune et moins preste,

En ailes de pigeon, en rapière.... et le reste.

Le peuple, ce jour-là, fut appelé faquin,

Un pauvre créancier, insolent et coquin.

Trente siècles, dit-on, prêts à se mourir d'aise,

Se firent au château porter dans une chaise.

Une chaise, vois-tu, c'est bien plus féodal

Qu'un carosse, et moins cher... demande à Tolendal;

Et l'épouse d'un duc, d'un comte, d'un vidame,

Du Parc-aux-Cerfs sortie haute et puissante dame,

Quand vivait le bon temps, mon cher, on s'en souvient,

Allait toujours en chaise.... Et, le bon temps revient.

Il revient, le voilà! Sautez, marquis de France!

Courez le guilledoux, roués de la Régence,

Les petites-maisons ne vous manqueront pas.

Pour vos menus plaisirs nous sommes ici bas,

Et si de nous rosser il vous prend quelqu'envie,

Oh! ne vous gênez point.... Nos biens et notre vie,

Mon Dieu! tout est à vous. Que si quelque butor

Est assez mal appris pour trouver que de l'or

Ne peut pas racheter l'honneur qu'à sa famille

Vous aurez daigné faire en débauchant sa fille,

Livrez-moi ce pied-plat aux bâtons de vos gens,

Et qu'on n'en parle plus !... Ainsi, dans le bons temps

Faisiez, nos bons seigneurs ; et de criailleries,

Laquais débarrassaient vos douces seigneuries.

Je sais que, de nos jours, quelques bourgeois peu doux

Seraient assez d'humeur à rendre coups pour coups ;

Que même des journaux le diraient par la ville ;

Mais pour leur riposter, vous avez Martainville.

Son silence acheté vient de finir son bail.

Il se fait vieux, dit-on, il faiblit au travail,

Et l'on pourrait trouver que sa plume débile

Vomit en jets sans force une impuissante bile,

Que ses bons mots de halle, enfin, sont en défaut....

Quand même ! tel qu'il est, c'est l'homme qu'il vous faut.

Du scandale, au besoin, il trafique et se joue,

Et pour éclabousser se jette dans la boue.

Que si, pour vous garder et vous faire un appui,

Ce n'était point assez de Genoude et de lui,

La Charte est là, Messieurs ; allons ! qu'on la pressure :

D'un article tordu peut couler la censure !

Arrachez au conseil l'ordonnance du Roi !

Que la légalité fasse outrage à la loi !

Et si la vérité, se riant des entraves,

Se fait jour à travers les soupiraux des caves ;

Si, pour exterminer jusqu'au dernier journal,

Aux lois du bon plaisir résiste un tribunal ;

Si préfets, gens du Roi, mouchards et bons gendarmes,

Ont trop peu de leurs bras, de leur voix, de leurs armes,

Du noble dévoûment comprimant les effets,

Destituez mouchards, tribunaux et préfets ;

Et si le peuple encor de vos désirs s'écarte,

Par un dernier décret, destituez la Charte !!

Peut-être, Paul-Louis, à ce dernier affront,

Penses-tu qu'aux français des couplets suffiront ?

Va, les temps ne sont plus où d'un gai vaudeville

Les caustiques refrains, répétés dans la ville,

Vengeaient de ses tyrans un peuple de rieurs ;

Nous avons trop souffert pour que, bourgeois railleurs,

De mordans quolibets suffisent à nos haines.

Rire, quand Béranger, au bruit de lourdes chaînes,

Murmure à demi-voix des vers dont les cachots ,

Durant trois mois encor , seront les seuls échos ?

Rire , lorsque Méry , dans la Phocée antique ,

Exile , encor souffrant, sa verve satyrique ,

Et quand , pour une erreur dont il est trop puni ,

Le hideux porte-clefs attend Barthélemy ?

Le rire est mort chez nous. Bourdeau , dans sa colère ,

Au nez des écrivains jetant sa circulaire ,

Un jour , de Peyronnet voulut à son réveil

Surpasser les lauriers , qui troublaient son sommeil ;

Gloire à Dieu , dans les hauts ! lui , dont la prescience

Mit semblable pensée au cœur de l'Excellence.

Gloire à Dieu ! qui , faisant servir ses ennemis

A faire prospérer sa vigne et ses amis ,

S'est servi de Bourdeau pour préparer la voie

A ces hommes du ciel qu'à sa vigne il envoie.

Que l'instant fut bien pris ! Poètes à bons mots,

Railleurs , mauvais plaisans , écrivains peu dévots

Allaient tous en prison , ou bien , dans le prétoire ,

Attendaient de Menjaud le lourd réquisitoire.

Mais, c'est Levavasseur qui, faisant de grands bras,

D'un ton de mélodrame attaque les *Débats*.

Beau début! Nous voilà condamnés au mutisme.

Ah! Messieurs des *Débats*, tout droit au despotisme

Vous osez affirmer qu'on nous pousse ?... En prison !

— Mais le droit d'examen, la Charte, la raison ?....

— Quoi! l'on en parle encore ? Indociles cervelles,

Un bon *considérant*, et vous voilà rebelles.

Rebelle !! Et de ce nom, qu'il a flétri trente ans,

Vous osez de Bertin souiller les cheveux blancs!

Rebelle ! lui ? Vraiment!.... Pour la cause royale

Il a bravé Consuls et pourpre impériale ;

En passant par les fers il avait acheté

Le droit d'aimer ses Rois avec la liberté.....

Courage! allons, Messieurs, à Sainte-Pélagie,

De tout vieux serviteur exilez l'énergie.

Et ce cher Figaro, grand bailleur de soufflets ?

Comme toi, Paul-Louis, enfant de Rabelais,

Il arrachait souvent le masque aux hypocrites,

Il bernait, il sifflait, il saignait les jésuites ;

Il a sifflé, saigné les ministres nouveaux.

Il sera roué vif pour ses malins propos ;

Car Figaro ne peut, traîné sur la sellette,

Au glaive de Thémis qu'opposer sa lancette ;

Et de notre Thémis le glaive est long, ma foi !

Adieu donc traits piquans, rire de bon aloi !

Adieu vive épigramme et mordante parole !

Adieu bon sens, esprit !... Tant mieux, dira Madrolle,

Le ministère enfin ne sera plus sifflé !

Sifflé ? Soit ; son repos sera-t-il moins troublé ?

Si ma muse, novice à provoquer le rire,

Ne sait pas agiter le fouet de la satyre ;

Si la bouche rit mal quand les yeux sont en pleurs,

De ma patrie, au moins, pour venger les douleurs,

Quand elle tombe au joug d'Excellences sinistres,

Pour percer, pour saigner, pour tuer nos ministres,

Paul-Louis, à défaut d'un rire goguenard,

Ma plume dans mes mains servira de poignard.

www.ingramcontent.com/pod-product-compliance
Ingram Content Group UK Ltd.
Pitfield, Milton Keynes, MK11 3LW, UK
UKHW021036220726
13924UKWH00001B/345